꽃이 되는 시간을 위하여

seestarbooks 012

꽃이 되는 시간을 위하여

원임덕 시집

스타북스

말씀이 꽃이 되는 반야般若에 들다

이근배(시인, 대한민국 예술원 회장)

    산과 들에 꽃 잔치가 한창인데, 나라 안팎에 때아닌 역질疫疾이 돌아 자가격리로 마음 둘 곳 없다가 원임덕 시인의 사화집『꽃이 되는 시간을 위하여』 시고詩稿를 읽는다. 산벚꽃은 이미 지고 그 뒤를 이어 철쭉이 불을 밝히고 있으려나. 이는 저 경상도 문경 고을 연엽산蓮葉山 깊은 곳에 암자 하나 짓고 하늘의 해, 달, 별들과 눈 맞추며 오는 봄, 가는 겨울 피는 꽃, 내리는 눈, 새 소리, 물소리, 바람소리‥에 귀 기울이며 그것들이 들려주는 말씀, 아니 숨겨진 말씀을 캐내어 적어낸 불립문자不立文字들이다.

    아하, 시가 여기에 와 있구나. 한 편 한 편의 시가 어디서 오고 어떻게 말씀의 꽃으로 피어나는가는 여기서 보는구나. 시로 해가 뜨고 시로 달이 지는 나라에서 씌어지고 지워지는 시를 어찌 이루 헤아리랴만 돌밭에서 돌을 고르기가 어렵고 사람들 속에서 사람을 만나는 일이 그리 쉽지 않듯이 시 속에서 시를 찾기가 더욱 멀어지고 있음이 어제 오늘이 아닐 터, 그런 가운데 원임덕 시인의 다향반초茶香半草에 면벽 참선하며 한 올씩 뽑아내는 반야般若의 득음得音을 듣게 되니 이 공허한 시간에 마음을 채우는 홍복이 아닐 수 없다.

참 참한 햇살이었다
아침이면 어김없이 내 창문을 비치듯
우리들의 삶 속에 머물러 있다는 것과
길이 길이 되어질 수 있다는 것

처음 이 길을 아주 빠르게 건너왔듯이
그렇게…
부서지지 않으며 건너는 빛으로

그러면 나는
아주 참한 꽃으로
꿈을 피우리라
내 대신 너의 안락을 만들어
여전히 너를 위하여
더욱 참하게 퍼지는 일상의 빛이거라

「꽃이 되는 시간을 위하여 1」에서

이 사화집의 표제로 올려진 이 시는 3편 연작 가운데 그 하나로
대자연과 어떻게 소통하며 어떻게 그것들의 내포성connotation을
훔쳐내는가를 엿보게 한다. "참 참한 햇살이었다"로 시의 첫 줄을
드러내고는 "우리들의 삶 속에 머물러 있다는 것과/ 길이 길이 되어
있다는 것"을 집어낸다. 그리고는 "그러면 나는/ 아주 참한 꽃으로/
꿈을 피우리라"에서 자아自我의 실현을 이루고 있다.

산이 바다가 되고
바다가 다시 산이 되듯이
한 찰나
허공에 심은 씨앗이
간 곳 없건만
호르고 녹으리다
탁류에 녹조가 사라지면
호르고 호르리다
한겨울
언 땅 밑에 여전히
돌돌 물길이 있다니다
어찌 이 땅을
사바라고 하니까
곳곳이 뉘라도 어두운 발자국을
떠듬어 나가니다
갇혀 버린 물 위에
하냥 송긋이 연꽃으로 솟나는
아름다움을
어찌 곱다 않으리오
지나 온 발자국이
한 잎
한 잎
꽃으로 피어납니다

「연꽃」 전문

불가에서는 연꽃을 삼라만상의 오묘한 법칙을 담고 있는 꽃이라 하여 만다라화曼多羅華라고 이름한다. 그래서 부처님도 어김없이 연화대蓮花臺 위에 앉으시고 고려청자, 조선백자, 탱화 등에도 연꽃이 그려진다. 그래서일까. 시인은 연꽃을 반야般若의 세계, 그 경지로 이끈다. "산이 바다가 되고/ 바다가 다시 산이 되듯이" 이것은 한 생애가 아니고 몇 생을 거듭 나는 겁劫의 시간이다. "한 찰나/ 허공에 심은 씨앗이/ 간 곳 없건만/ 흐르고 흐르리다"에서 소멸과 생성, 그리고 끝내는 "어찌 곱다 않으리오/ 지나 온 발자국이/ 한 잎/한 잎/ 꽃으로 피어납니다" 만물이 하나되는 귀일歸一로 승화시키고 있다.

너는 대낮에도 어둔 강물을 저어 온다

내가 웃자란 키의 들풀이 되어
꺾이고 싶어질 때
알 수 없는 얼굴의 그림자로
나보다 더욱 커져 나를 데려가려 한다

나를 잠기도록 깊은 강물이었으면….

이유를 묻지 않는 너였으면 좋겠다

네가 다시 저 어둠 속으로 사라지고 나서도
나를 부끄럽게 하지 않았으면 좋겠다
아니 영영
나마저 데려갔으면 좋겠다

내 키가 자라면 어김없이 찾아오는
너
밤 강물 소리로 저어 오는
이승에서만 떠도는
빈
배
「자화상」전문

빈센트 반 고흐가 세상을 떠나기 한 달 전인 1889년에 그린
자화상이 파리 오르세 미술관에 걸려 있다. 왼쪽 귀를 자르고
붕대로 가린 얼굴이다. 이 자화상을 두고 미술사가들은 고흐의
생애와 더불어 그의 내면세계까지 읽어낸다.
　　그러면 언어로 그린 자화상은 어떠한가. 서정주, 윤동주의
「자화상」은 그들의 많은 시 속에서도 대표작으로 널리 애송되고
역시 비평의 대상이 되고 있다. 원임덕 시인도 붓을 들어 내 모습을
그린다. 이 시에는 눈도 코도 귀도 없다. 어디서 태어났으며 뉘집의
딸인지, 어떤 옷을 입고 자랐는지도 적지 않고 있다. 그러면 나는
누구인가. 세상 사람들은 나를 어떻게 알아보라는 것인가. 이 물음

앞에서 그의 대답은 너무도 선명하다.

"너는 대낮에도 어둔 강물을 저어 온다"에서 이미 그가 살아 온 시대, 혹은 시대와의 싸움, 그리고 끝없는 탐색의 날들을 앞세운다. "내가 웃자란 키의 들풀이 되어/ 꺾이고 싶어질 때/ 알 수 없는 얼굴의 그림자로/ 나보다 더욱 커져 나를 데려가려 한다"에서 그는 마음의 얼굴을 드러낸다. "내 키가 자라면 어김없이 찾아오는 너/ 밤 강물소리로 저어 오는/ 이승에서만 떠도는 빈/ 배"로 아직도 무명無明에서 벗어나지 못하는 납자衲子로 스스로를 낮추고 있으나 반야가 어디 그렇게 쉬운 길이런가. 그러나 한편 원임덕 시인은 일찍이 저 공초空超나 만해萬海가 해냈던 내 나라 말씀의 지혜를 이만큼 깨우치고 있음에 저윽히 고개가 숙여진다.

저 청청한 산문山門의 바람소리, 물소리에 실려 오래 잎 지지 않는 말씀의 꽃을 피우기를 빈다. *

다시, 말 속에서 시는 어디서 오는 걸까

어느 순간부터 무한한 공간을 응시하게 되었다. 그리고 머리
숙이게 되었다. 스승님으로부터 가르침을 받고, 말이 주는 기쁨과
사랑에 감격하여 오래 깊이 몰두했었다. 그리고, 나무의 잎이 모두
떨어진 나무의 맨 몸을 만지듯이 나를 바라보게 되었고 산이라는
거대한 휴식에 갇히고 싶어졌다

시는 말이 아니라 말씀이다
시는 쓰는 게 아니라 비춤이다
시는 나를 비추고 다시 내가 거울이 되게 한다

시인은 농사꾼이다 모든 사물과 생명들을 가장 친근하게
바라보는

무한한 사랑의 일깨움이 별이 되어
시인도 '비춤'이 되는 길
말이 빛남이 되는 순간에는 모든 생명이 함께 꿈틀거린다

시는 쓰는 것이 아니라 오시는 것이라는 것을 믿으며….

나의 스승이신 학림 이근배 선생님께서 오래도록 건강하시옵기를
두 손 모읍니다.
그리고, 이 책이 나오도록 애써 주신 모든 분들께 감사를
드립니다.

2020년 원임덕 합장

contents

꽃이 되는 시간을 위하여

돌

흙이 굳어져
돌이 되기도 한다마는
이 세계 처음 눈 뜰 때
무엇이 있었는가
처음으로 돌아가면
이름이 없나니
사람도 짐승도 풀도
어떤 존재라도 이름이 없다
있었다면 무엇이며
그 무엇은 또 어떤 무엇이랴
없었다면 그 없음에서
무릇 존재하는 것들이
어째서 꿈틀거렸으랴
우리가 알 수 없는 것들 속에서도
사람들은
지금 우리가 여기에 있듯이
무엇인가 찾으려 한다
없다는 것을 두려워한다
그것은 없음 가까이
다가서지 않았음이다
알 수 없는 길에 들어서는 것을

망설이듯이

흐르는 물가에 촉촉한 돌멩이
너는 없음 속에서 왔다
나도 없음 속에서 왔다
지금은 이 계곡에
너는 돌멩이라는 이름으로
나는 까까중의 이름으로
마주 앉아 서로를 보며
아주 오랜 고향을 함께 바라보고 있다
나는 너를 돌이라고 여기지 않는다
그러나 너는 돌의 모습으로
돌의 이름을 가졌다
너무나 딱딱하고 차갑다
그런데 내 안에 네가 있다
네 안에도 내가 있는가?

어둠 속에서 우리가 왔다
밝지 않음 속에서 기다리는 존재들이
빛을 얻어 무엇이 되고
그 무엇들은 서로 악수하고

아낌없이 또 다른 생명들에게
자신을 내어준다

돌!
네게도 참으로 많은 형제들이 있다
내가 너를 보는 순간
너의 형제들도 나를 본다
이 물가에서
우리는 지금 서로와 서로를 본다
너와 내가 서로 다른 이름으로
서로에게서 서로를 본다

돌!

첫서리 1

참 오래 잊고 있었다

낙엽 한 잎에 고운 임 보내고

꽃이 피면 임이 되어 다시 만나리라

장맛비에 파초 같았던 시절은 나를 잊고

세월만 갔네

사랑아

너는 아무 곳에나 나를 세워두고

스무 해 꽃이 피고 져도

아무 말 못하는 나를

낙엽 한 잎에 지게 하누나

첫서리 2

시간이 되면 떠나가네
세상의 모든 것들
뒤로 앉은 기차에서
선로를 바라보듯
손닿았던 것들 멀리 달아나네
사랑하면
더욱 사랑하면
흩어지지 않으리라
그 맹세도
가을 잎처럼 흩어지네
고운 잎보다 가을이 먼저
찬서리로 말하듯이
오늘도 바람이
내가 모르는 시간을 말하네

첫서리 3

어디로 가려는가
떨어지는 잎새 하나
바람이 내민 손에 이끌려
구르고 있네
어디든 갈 곳으로
흘러갈 곳으로
오라는 듯 가라는 듯
차운 서리 낮에도 내리는
주인 없는 집
허락도 없이 지어놓고

그리운 나라

중생이
그리워하는 곳
부처님 나라

중생은
생명의 힘을 모를 적에
삶을 죽이기에 바쁘고

보살은
잠들 적에나 깨어날 적에도
이 몸에 부처 계시나니
하염없이 부끄러움에
머리 숙여 합장合掌 하네

햇볕이 좋은 날에는
나도 더욱 환하고
새들은 즐거이
나무 위에서 나무 위에서 노니네

깨우치신 석가모니
여러 스승들의 법의 힘으로

이 몸도
여러 해 참으로 많은 길을
헤매었구나

할 말이 적어지면
부처님 날 보시고
나도 부처를 만나네

시끄러움은 누가 만드는가?
부처님 가까이 다가서면
고행중생苦行衆生이 가엾어라
그러나 한참을
나는 모든 것들 뒤에 있고 싶네

그리고 밝은 날
아니 태양이 나를 삼키는 날
나는 그 찬란함 속에
영원히 빛이 되는 날
그들과 내가 하나가 된다는 것을 믿는다

슬픔은

슬픔을 잊어
슬프지 않은 것이 아니라
슬픔이 기쁨 속에서
잠들었기 때문이다

아!
그리운 나라
그리움 속에서도 그리운 나라
내가 서 있는 나라
부처님 나라

오늘은 나도
나무 위의 새가 되어
하냥 날고 있구나

얼음꽃

가시 숲에 피어난 꽃
꽃잎마다
이슬방울 영롱하여라
알알이 빛나는 구슬
차마 땅 위에 흩어질까
나는 꽃 되어
사라지는 한 방울
이슬을 머금고저

풀꽃의 꿈

간혹 차운 바람에도 돋는 풀씨가 있다
뒤늦게 피운 얼굴을 들어
늦가을 눈부신 햇살에 눈이 부신 듯
파르르 떨린다
"지금이야."
"겨울이 오기 전에 해야 해."

이른 봄엔 모든 것들이 빨랐다
바람이 일면
대기는 솟구치고
나무들이 부딪는 소리 소리
살아 있는 것들은 시간을 놓칠 새라
서둘러 사랑을 하고
그들의 삶을 어루만져 갔다
꼴찌들에게도 사랑은 있다
언제나 어머니의 손길 같은
다사로운 볕이 그들을 어루만진다
뒤늦게 눈 뜬 풀씨들이
"어머니, 저 여기 있어요."

살아 있는 것들이 살아가는 것은

어머니의 마음이 있기 때문이다
뒤늦게 꽃을 피운 풀씨도
대지의 어머니의 사랑이 품어낸
눈물겨움이다

우리는 이루고 싶은 것들을
꿈에 담는다
이루지 못한 것들을 꿈이라고도 한다
허공의 잠 속에 꿈을 걸어두고
하냥 꿈이라고 부른다
풀씨 하나가 뒤늦게 피워낸 야윈 꽃을
우리가 꿈속에서 본
신기루라고 해도 좋았다
풀꽃은 꿈을 꾸듯이
늦가을 눈부시게 탄성을 지른다
오직!

연꽃

산이 바다가 되고
바다가 다시 산이 되듯이
한 찰나
허공에 심은 씨앗이
간 곳 없건만
흐르고 녹으리다
탁류에 녹조가 사라지면
흐르고 흐르리다
한겨울
언 땅 밑에 여전히
돌 돌 물길이 있다니다
어찌, 이 땅을
사바娑婆라고 하니까
곳곳이 뉘라도 어두운 발자국을
더듬어 가나니다
갇혀 버린 물 위에
하냥 송곳이 연꽃으로 솟나는
아름다움을
어찌 곱다 않으리오
지나온 발자국이
한 잎
한 잎
꽃으로 피어납니다

자화상

너는 대낮에도 어둔 강물을 저어 온다

내가 웃자란 키의 들풀이 되어
꺾이고 싶어질 때
알 수 없는 얼굴의 그림자로
나보다 더욱 커져, 나를 데려가려 한다

나를 잠기도록 깊은 강물이었으면….

이유를 묻지 않는 너였으면 좋겠다
네가 다시 저 어둠 속으로 사라지고 나서도
나를 부끄럽게 하지 않았으면 좋겠다
아니, 영영
나마저 데려갔으면 좋겠다

내 키가 자라면, 어김없이 찾아오는
너
밤 강물 소리로 저어 오는
이승에서만 떠도는
빈
배

사랑

내가 꽃이 되고 싶었던 만큼
당신을 꽃이라고 불렀습니다
시들어가는 당신의 얼굴
더욱 애처로운 마음으로
아름다운 당신을
꽃처럼, 어루만질 수도 없는 마음을
아마, 나는 사랑이라고
말해야 했던 것이었는지도 모릅니다

태양 아래서 빛나는 붉은 장미처럼
눈부시게 아름다웠던 순간들
그러나, 나보다 아름다운 당신을
세상에서 가장 빛나는 꽃으로
만들고 싶었다고 말하지는 못했습니다
어쩌면, 세상에서 가장 아름다운 것들은
빛깔이 없거나, 소리가 없거나, 캄캄한 곳이거나
우리가 알지 못하는 곳에서 있을지도 모른다고
생각했기 때문입니다

빛나는 것들을 더욱 빛나게
아름다운 것들을 더욱 아름답게
귀한 것들을 더욱 귀하게
사랑할수록 더욱 알지 못하는 사랑이
나를 키 작은 꽃이 되게 하고
사랑할수록 두려워지는 하늘이
당신을 작은 새처럼 날게 하고

내가 꽃이 되고 싶어
당신을 나의 정원에 심었습니다
시들지 않는 꽃으로 심었습니다
'꽃'이라고 부르기 위하여.

묻지 못합니다

당신도 슬픈 날이 있느냐고 묻지 않습니다.
당신도 내가 그리운 날이 있느냐고 묻지 않습니다.
당신도 가슴이 소금기처럼 쓰라린가 묻지 않습니다.

한 마리의 파충류처럼 웅크리고 소리 없이
나의 물기들을 피부 깊숙이 다시 빨아들이며
그런 나를 당신이 알고 있느냐고 묻지 못합니다.
내 안의 당신이 달아날까봐
얼마나 눈뜨고 지새며 나의 성을 지키고 있는지를
나는 결코 말하지 못합니다.

나는 서 있기 때문입니다

내가 당신의 행복 중에 있었다고 생각합니다
그러므로, 나의 행복 중에 당신이 있었습니다

언제나 당신의 진실하심의 얼굴
가득하시리라 생각 합니다
그러므로, 내게도 그 빛이
내 안에 가득하리라 생각합니다

언제까지나
언제까지나
어둠이 저 멀리 안개 바람으로
밀려가는 모습을 바라다봅니다

새벽의 미명未明이 푸르게 밝아질 때
당신께서 서 계십니다
그대가 영원히 슬픔이 아니기를 바랍니다
내가 새벽이 오도록 서 있는 것을
아무도 알 수 없다 하여도
나는 서 있기 때문입니다

구절초

어머니 등에 업히어 오던 시오리 길
쏠쏠한 땀 냄새 배인 흰 적삼에
가을 구절초 꽃잎이 붙었는지
파르르한 향내가 나를 잠 속으로 들이고

이것아, 살려거든 살고, 가려거든 가거라

가슴이 콩콩 짓이겨, 잠에서도 나올 수 없고
참아야 할 것 같은, 눈물을 목 속으로 삼키는데
머리가 윙윙 벌 한 마리 날아와
어머니의 젖은 등에 앉았네
구절초 꽃 냄새는 콧속으로 스미고.

이젠, 꼬부라진 어머니 머리 위에
흰 구절초 피었는데
가리마 사이로 잊혀진 시오리길이 멀리 보이네
어머니 등엔 왕벌 한 마리 대신
등 굽은 소나무 그림자만 건너와 앉네.

오고 가지 않는 그림자

껍질이라는 이 몸도

부처의 몸이네

부처에게서 솟아나

부처님 손바닥에서 놀다가

사람마다 아귀다툼 일삼기도 하지만

또한, 가는 것도 아닌데

부처님 몸속으로 스밉니다

파도 한 번 처얼썩

검은 머리 흰 머리

어찌타 오락가락

산새들 노닐 듯이

사람은 많아도 고귀한 사람 있다는 것은

부처께서 계시다니,

공평함으로 축생 아귀 다 같이 모여 손잡고 살아가네

육도중생六道衆生 부처의 몸에 매달려

저 혼자 잘났다고 누에 솜옷이 삭는구려!

꽃이 되는 시간을 위하여 1

참 참한 햇살이었다
어디선가 내게 보낸 빛의 순간은
'무엇을 위하여' 그렇듯
함초롬히 우산살처럼 펼치며
조용한 응시의 건넴은.

돌아가는 길은 참 멀었다
아둔한 기억의 좁은 길의 돌멩이들을
햇살이 징검다리를 삼으며

나는 아팠다
순한 너의 햇살들이 꺾여지는 순간들을
느껴야 한다는 것은
숨어 있었던 향기들이
그토록 격정에 부비어질 수밖에 없다는 것은

참 참한 햇살이었다
아침이면, 어김없이 내 창문을 비치듯
우리들의 삶 속에, 머물러 있다는 것과
길이, 길이 되어 질 수 있다는 것

처음 이 길을 아주 빠르게 건너왔듯이

그렇게….

바람보다 빠른 빛으로

그렇게….

부서지지 않으며, 건너는 빛으로

그러면, 나는

아주 참한 꽃으로

'꿈'을 피우리라

내 대신 너의 안락을 만들어

여전히 '너를 위하여'

더욱 참하게 퍼지는 일상의 빛이거라.

꽃이 되는 시간을 위하여 2

이 여름 시든 꽃들보다 피어난 꽃들이
무정하게도 저리 화사할 줄이야.
그것이 너무나 다행이라는 것입니다

'겨울 매미'를 보았던 순간
나는 얼음 속에 갇힌 한 마리 날짐승처럼
숨이 멎는 듯 했었죠
저렇듯 흐드러지게 피다가, 제 멋에 겨워
자진 웃음이 흐트러지기 전에

참, 너무나 다행이라는 것입니다
누구나 갖지 못했던 평정과 안식을
더 이상 갈망하지 않아도 되는 이 여름이
내게는 너무나 다행이라는 것입니다

나도 저들처럼 한 번 흐드러지게 피어
자지러지게 웃는 날, 기다린다는 것이죠.
내가 알맞다고 느끼는 시간에
시든 잎 뚝뚝 떼어내며, 편안하게
눈자위 닦아내는 시린 가을이, 서럽지 않게
바람에 지는 나뭇잎 따라 길을 덮으리라는.

이제는 더 이상 늙지 않은 모습으로
저들 꽃처럼 남아, 폭설이라도 내린다면
'겨울꽃' 한 잎 흰 눈 속에 영원을 가두겠죠.
그래서, 참 너무나 다행이라는 것입니다.

어디선가, 내가 희구했던 아름다운 삶과
어디선가, 도란거리는 저녁의 등불이
이 도시를 밝힌다는 것은, 어쩌면
이 세상을 아름답게 만들어 가는
낮은 키의 사람들을 위해
조용히 두 손을 모으고, 다정한 그 순간을
내가 대신 느낄 수 있다는 것이죠.

지금은 모든 것이 너무나 '다행'이라는 것입니다.
다행이라 여길 수 있다는 것이, 더욱 다행이라는 것입니다.

꽃이 되는 시간을 위하여 3

장맛비가 퍼부으면
제 집이 아닌데도
내 집 처마 밑에 새들이 날아들었다
화단 위의 꽃들은 여전히 빗속에 이지러지고
여름이 다 가도록 그 곳에서 늙어갔다

집에서 마을을 내려다보면
사람들이 사는 집으로 이어지는 작은 길들
마을 큰길을 지나며, 오밀조밀 늘어선 길들이
그들의 집 앞에서 발을 모으고
그들의 집에 닿아 있었다
길은 그 집의 일부였다

저렇게 많은 길이 있는데도
가보지 않은 길은 두려워
여름 화단 위의 꽃처럼
평생을 그 자리에서 늙고 싶었다
나는 화단 위의 식물처럼 살고 싶었다
아니, 나는 그처럼 살지 못했다
내가 길이 될 수는 없었다
내가 길이 되는 순간
나는 이미 꽃의 이름을 버려야 했다

내 집 처마 밑에 숨어들었던 새들은
비가 그치기도 전에, 쏜살같이 하늘로 날아갔다
화단 위의 꽃들은, 여전히 햇살 속에서 빛나고 있었다
왕개미들이 땅 속에서 기어 나오고
나비들은 날개를 말리러 파르륵 날며, 더듬이를 세우고
꿀벌들은 아직 그들의 양식을 지키고
한낮에도 꽃들은 졸지 않으며 하냥 웃었다

장마는 한여름을 무섭게 지나가고
패인 화단에도 물길이 생기고
여전히 밤이 오면, 세상은 잠이 들어야 했다
흙을 모으며, 흙을 돋으며 나의 화단은
참, 단아한 여름을 살았다
아버지처럼….어머니처럼….
여름밤은 유독 어두워 짙은 풀 냄새가
모든 격정의 시간들을 삼키고
흙의 아침을 기다리는 시간들 속으로
아주 천천히 돌아가고 있었다
그것은 그들의 '집'이었다
밤에는 그들의 집 앞에도 길이 보이지를 않았다

밤에도 하얗게 빛나는 화단 위의 나리꽃은
나의 온 생애를 함께 살고 있을 뿐이었다.

시인의 노래

시인은
말을 하기 위해 말을 하지 않는다

세상에서 가장 아름다운 이름은 무엇인가
길을 걸으며 찾으며
또한 가장 소중한 것은 무엇인가
밤을 새워 뒤적이며
그리고 영원이란 무엇인가
빛나는 모든 이들에게
묻고 싶은 것들을
마음과 허공을 마주하여 찾으려 하네

시인은
사랑을 이어가기 위해 말을 하지 않는다
다만, 어제는 오늘을
오늘은 내일을 비추며….

시인은
말을 하기 위해 노래하지 않는다
마음처럼 맑고 밝은 말을
찾고 싶어 노래할 뿐이라네

마음을 다하여

으뜸을 찾으면
모양 없는 그 이름이
오롯이 우뚝이 소리 없이
시인의 마음에 말을 건넨다

그것은
거짓이 아니요
그것은
탐냄이 아니요
그것은 성냄이 아니다
그러나 시인은
세상에서 가장 어리석은
멋쟁이다

시인은
미련 없이 말을 내어주고
마음을 찾아가는 가장 큰
도둑이다

시인은 말한다
스스로 가장 아름다운 말 한 마디
꽃이라면 꽃이리라

풍경

바람이 내게로 다가와 앉는다
바람,
내게로 오는 만큼
너에게 내 자리를 준다

허공에 울려 퍼지는
이 소리는 흔들림이 아니다
나는 오직 듣고 있을 뿐이다
바람, 네가 하는 말을 듣는다

허공을 지나 천천히
때로는 숨 가쁘게
허공의 길 없는 길 위에
수만 갈래 또 다른 길들이
그것은 서로와 서로의
거친 기억의 씨앗들의
빗금이었다

한 자락 바람이 일어나니

서쪽 하늘의 구름이

흩어져 사라진다

한 번도 울어 본 적 없는 사람에게

종소리가 들린다

저녁노을이 붉다

모든 이름들이 들리지 않는다

입춘立春

봄

봄 봄

봄에는 볼 것이 생겨

보고 또 보고

다시 또 보네

겨울을 살고 나면

한 해 겨울에도 강산이 바뀐다

얼음이 녹고 꽃눈이 트면

다시 못 볼 산을 보는 것 같아

어찌 다시금 설레이지 않으랴

새벽잠이 없는 이들은

먼동이 틀 무렵엔

언제나 숙연해지는 것이

두 손을 모으게 한다

어찌 봄뿐이랴!

해마다 마른나무에 꽃잎이 앉듯

어둠이 걷히는 순간엔

누구나 눈을 뜨리라
삼세의 그물이 걷히는 이 순간을
세상의 모든 그대들과
같이
바라보고 있다

봄
봅니다
끊임없이 보리라는
맹세 없었던 우리에게
믿은바 없는 믿음으로
다시 오는 봄

볕이 좋은 오늘
옛 부처가 다시 오듯이
마른 나뭇가지에
꽃잎이 앉으면
환장할 이 봄을

바람이 후드득, 마른 가지에 내리다

이 세상 어느 곳이라도

인연으로 왔다가 인연으로 가네

인과因果에서 벗어난 곳 따로이 있다면

무념처無念處처로 지어진 곳

어느 곳인가

부처님 합장한 손 이끄시고

달마는 짚신 한 짝으로 할 말을 대신 했네

허공엔 구름이 햇빛이 바람이

이 몸도 그러하네

한 티끌이 모여 빚어져 흐르고 흐르네

길 없는 길 위에 서면

모두가 길이네

한 줄기 바람이 후드득

늙은 나무 잔가지를 흔들어

삼세三世의 모든 업장이 부서지네

봄비 1

겨우내 하고 싶던 말들
흙이, 물이, 바람이,
그들은 말없음으로
서로가 서로를 바라보았다

간밤엔 긴 편지를 나누었는지
새벽녘 짙은 어둠을 불러와
한순간에 번쩍!
또 한 번 우레를 내 놓는다

흙속에선 씨앗들이
땅위에선 풀꽃들이
나무의 가지에선 꽃눈들이
차례를 기다리고 있다

…저는 말할 테예요
봄을
오늘을
지금을

봄비 2

봄비가 오신다

이것은 사랑이다!
기다린다는 것은
약속 없음의 약속은
끝없는 믿음이다

살아 있다는 것은
오직 한순간을 참으로 꽃답게
피워내는 것이다
앞서지 않는 마음으로
기다리는 것이다
그리고, 서로의 강을 건너가는 것이다

우리의 두 발은 믿음이다
나무가 서 있듯이
세계의 찬란한 꽃피움을
이토록 기뻐하는 것은
내가 너이기 때문이다

그것이 아니고는 지금 이렇게

한 줄기 시원한 봄비가

내리지 않는다

흙이 물이 바람이

풀이 나무가 숲이

벌레와 새들과 짐승이

꽃과 나비들이

매일 매일 한순간을 드높이

난다

그들의 모든 생애가

이토록 푸른 봄이다

봄 불

아무것도 구워내지 못했어
가마가 식어가고
산은 붉게 타고 있었어

거리에 소방차 지나가는 소리
지휘본부 차의 지붕엔 성당의 금종이 달려 있었어

물을 마셔야 했었는데
불길은 하늘로 날아가 연기가 되고
난, 갑자기 너무 늙어 버렸어
화장품 가게 여자는 나더러 콜라겐 부족이라고 겁
을 주고
집에 돌아온 나는 묵은 김치를 푹 익혀, 밥을 두 그
릇이나 먹었지
어머니가 몹시 그리운 날은 물에 말아 밥을 먹지
꿀보다 더 단 물밥
물밥을 먹으며, 차고 단물을 긷고
물밥을 먹으며, 장다리꽃 대궁을 꺾고

어디선가 소방수들이 불을 끄고

나는 끅끅 소화를 시키고

콜라겐이 날아간 얼굴을 들여다보고

어디선가 소방수들이 물을 뿌리고

아무것도 구워내지 못했어

가마가 식어가고, 산은 붉게 타고 있었어

그림자 없는 주인

집 없는 집을 지어
아프다고 엄살하고
괴롭다고 아우성치고
밉다고 원망하고
좋다고 헤헤 웃게 하는
이놈의 집 누구의 것인가

그리워라 넘나듦 없는
오고 가지 않는 그 곳
나를 보시나
내가 볼 수 없고
나를 잡아 주시나
내가 잡을 수 없고
어둠 속에도 계시나
어둡지 않으시고
항상 밝으시나
뚜렷이 빛나지 않으시고
안 계신 곳 없으신데
"나 여기 있다." 아니 하시고

괴로움 속에도 계시나

괴로움은 더더욱 아니시고

기쁨 속에 계시나

달뜨지 않으시고

말씀이 없으시나 말씀이 계시고

소리 없으나 울리시는

그 분은 누구신가?

찾는 길엔 길이 없다

우리는 길을 잃어버린 것이 아니다

가려 하지 않은 것뿐

모든 길이 길이다

지금 우리가 서 있는 이곳에서

믿음이 이끄는 길

빛으로 이끄시는

오직 걸어갈 뿐

따로이 곳 처 없는 그 곳.

기억이 낳은 알들 속에 길이 있다

길을 가다가 한 번쯤
뒤돌아 볼 때가 있다
더러는 몇 번쯤
늘 걷던 길에서
낯선 길에 들어선 듯
허둥대며 뒤돌아보는 것은
낯익은 것들이 낳은
부화되지 않은 것들
무수한 생명들이 앞 다투어
저와 닮은 것들을 만들어가듯이
익숙한 것들을 붙잡으며
늘 걷던 길을 잃지 않으려 한다

길이 길을 만들듯이
강이 강을 만든다
숲에선 숲이 하늘이듯
낯익은 것들 속에는
숨겨진 미래가 있다
보여지지 않는 것들 속에

부화되지 않은 옛 기억의 알들이

낮은 잠 속에 귀 기울이고 있다

길을 걷다 한 번쯤

뒤돌아보고 싶을 때는

그냥 한 번 뒤돌아보자

기억이면 기억

꿈이면 꿈

사랑이면 사랑

우리가 걷는 길

그 앞으로

익숙한 길목에서

오래된 길처럼 그대에게

다가서고 싶을 때는.

바람의 고향

바닷물이 출렁입니다
큰 바람에 높이

바닷물이 일렁입니다
고기들이 춤을 추어

다시 바닷물이 잔잔해집니다
고른 숨결처럼

바람은 무엇일까요?

바다에 닿으면 바다소리
나무에 닿으면 나무소리
바위에 닿으면 바위소리

허공엔 무엇이 있어 소리가 날까요?
태양의 등 뒤에서
구름이 닿는 소리
소리

곱기 만한 그대는
어째서 마음에서 가끔

소리가 나는 건가요
그 소리가 어째서
아픈 소리를 내기도 할까요

태양은 내게 밤에도 눈이 부시고
아 아
그대가 잠들어도
당신의 마음은 잠들지 않아
그런데 그대가 아픈 건
그대가 아니라
당신의 오래된 기억

바람이 거세게 불면
바닷물도 성이 난 듯
그런데 바다는 한 번도
소리를 낸 적이 없습니다
고운 그대처럼

마음에서 소리가나면
조용히 앉아
고요히
고요히

귀 기울여 보세요
소리는 어디에서 온 것일까
보이지 않는 마음에 그 무엇이 앉아
곱기 만한 그대의 얼굴에
붉은 노을을 비추는 걸까요?

천 개의 달이 뜨는 강

어둠 속에 달이 뜨면
천 개의 강물에
천 개의 달이 뜨네

강물에 비친 달이 마음이면
그 마음의 고향은
어디일까

우리가 바라볼 곳은
그 곳
영원히 돌아갈 곳이네

풀밭을 걷는 두 발
김을 매는 두 손
강물 따라 흐르는 달

이 몸은 무엇인가
달을 담은 강물인가
달 따라 흐르는 물인가

해에게서 왔으면
나는 햇빛이 되고
달에게서 왔으면 나는 달빛이 되리

고요는 쉬지 않는다

며칠 바람이 불면
숲은 다시 고요해지네
그러나 바람은 본래대로
한 번도 불어 본 적이 없고
고요는 한 번도 쉬어 본 적이 없네

눈을 들어 보니
겨울에도 소낙비가 내리고
먼 기억의 꽃들은 지천으로 피어
찬란한 봄들만 산을 잡고 울었네

몇 생을 두고도 갚을 길 없는
이 한 목숨의 깜박임이
한 밤의 등불처럼
내 낮 꿈에 다가와
묵은 전생의 이야기를 풀었네

어떤 한 사람은 눈으로
말한다 하고
어떤 한 사람은 가슴으로
울었다 하고
또 어떤 한 사람은
손으로 손으로

끝을 잡으며
오래된 과거를 말하려 하네

누군가 오지 않는 숲에도
언 땅 밑에선
여전히 물이 흐르고
나무들은 시린 발을 움직인다
이 겨울 나는
잠들지 않은 채로
서성이는 것은

나에게도
지천으로 핀 꽃들 속에
날아오르던
겨울나비가 꿈꾸는
이야기 같은
내 안의 오래된 전생이
낮 꿈처럼 가끔
불지 않는 바람으로 일렁일 때
한 번도 쉬어본 적 없는 고요는
말하고 있었네
그 안의 이야기를

새들은 강 건너에 가 본 적이 없다

어둠 속에서
아침이 오기를 기다리는 새들은
강 건너에 가 본 적이 없다
알에서 깨어날 때부터
그들에게는 숲이 전부였고
키 큰 나무 아래의 하늘이
그들이 알고 있는
온통의 푸르름이었다

그저, 날면 하늘이지만
둥지보다 너른 숲은
어둠도 군불을 지피듯 다가와
두려움이 사라진 삶은
존재하는 모든 것에 대하여
무장해제 되었다

이 세상에 그들보다 먼저 온 것은
모두가 그들의 어버이였고
나중 태어나는 것들은 숲의 형제가 되어

나무와 풀과 꽃들은

날지 못하는 것에 대하여

슬퍼하지 않았다

나무와 풀과 꽃들과 온갖 이끼들의 마음이

새의 날개가 되었다

아침이 오기를 기다리는 새들은

한 번도 강 건너에 가 본 적이 없다

꽃

가장 아름다운 너를 꽃이라고 부른다

너는 오직 아름답다
사랑하는 순간엔 모두가 꽃이다
울고 있는 너를 보고 있을 때
나는 너에게 꽃처럼 웃어 주고 싶다

나는 너를 영원히 꽃이라고 부른다
이 세상의 전부를
그 안에
내 안에
네 안에

모두가 꽃이네

다하는 마음이면 꽃 되고
더없는 마음이면 꽃 중의 꽃 되고
더없이 높은 마음이면 지지 않는 꽃 되네

다하는 마음이면 사랑이 되고
더없는 마음이면 사랑 중의 사랑이 되고
더없이 높은 마음이면 끝없는 사랑이네

사랑하라
사랑하라
다하여 사랑하라

사랑하라
사랑하라
더없이 사랑하라

사랑하라
사랑하라
더 높이 사랑하라

세상에 피어나는 것은 모두가 꽃이네
세상에 꽃은 모두가 아름답네
세상에 피는 꽃은 모두가 꽃 중의 꽃이네

별

빛나는 하나의 별이 멀리서 반짝입니다
왠지 그 빛 안에 내가 들면 영영 타 버려
없어질 것 같다는 생각이 듭니다
빛나는 하나의 별의 반짝임이
내가 바라보는 순간에 더욱 눈부시게 빛납니다
별과 나는 서로를 바라보며 서로가 가진 빛으로
가장 빛나는 순간을 함께 바라봅니다
별이 빛나는 순간 나도 별이 됩니다
나의 고귀한 간직이며 내가 아는 소유입니다
별은 '별'입니다
빛나기만 할 뿐입니다
빛나는 별을 바라볼 때
내 안의 나는 오랜 기다림으로
아주 천천히 빙그레 웃어 줍니다

아침 화단

아름다운 이 세상에
내 무슨 꽃으로 피어날까
피어도 다시 피는 꽃으로
태양처럼 붉고 싶어라
사랑하여도 마르지 않는 마음의 꽃밭에

오늘,
처음 흙 묻은 손으로
흙을 고르는 것처럼 꽃씨를 뿌린다

꽃 같은 마음

원망보다는 칭찬을

미움보다는 이해를

바라는 마음보다 건네는 마음을

부처님은 원만하시어

너와 내가 없으시네

나를 사랑하는 마음처럼 너를 사랑하여

내가

네가 되고

네가

내가 되게 하시네

사랑이라 하지만

그 보다 더 아름답고

빛난다 하지만

빛보다 더욱 찬란하여

보석보다 더 귀한

보배로운 꽃자리

모든 세상의 내음

향기로워지는 자리

자랑하여도 밉지 않고

미운마음 껴안아 주고

슬픈 마음 다독여 주고

너도

나 같은 자리

꽃 같은

마음자리

허공가운데 외눈박이 밤낮없이 뜬 눈으로

나를 보는 자리

너를 보는 자리

둘이 하나 되는 자리

여럿이 손잡는 자리

모두 하나 되는 자리

마음이 허공이 되는 자리

모두가 꽃 되는 자리

향기로운 꽃자리

꿈 1

며칠 맵던 추위가 갔다

환한 햇살이 따가워
지붕위의 얼음이 발을 내린다
후르르 한 줄기 바람 따라
풍경은 야단스레 너스레를 치고
또 잠시
바람이 잦으니 한낮은
한줄기 빛으로 가득하다

고요한 허공
눈을 드는 곳에 한편의 그림이 다가 온다
눈길이 멈출 때마다
새록새록 잠자던 것들은 깨어난다
이미 모든 것들은 멈춤 없이
끝도 없이 피고 지며
서로와 서로를 바라보네

빛과 빛
소리와 소리
그것들이 부딪쳐
또 다른 빛과 화음

숨었던 빛
숨었던 소리
그것들은 정녕 죽음이 아니었다
나고 죽음이 멈춤이 아니듯
모든 찬란한 것들 속엔
저들만의 빛이 아닌
위대한 낮음이 있었다
보라!
다시금 일어서 꿈틀거리는
작은 것들을
나는
모든 것들을 본다
나는
모든 것들을 듣는다

잠시 서 있을 때
우리는 그것을
아름다운 기다림이라고
말 할 수밖에 없음을….

꿈 2

숨 한 번 들고나면
한 찰나도 이미 전생이네
허공이 바람을 지나가듯이
흔적 없는 이 마음의 참된 주인
그 주인은 모습이 없네
산이 무너져도
바닷바람이 밀려와도
모습 없는 모습으로
그들 속에 파도를 타고
그들 속에 노래하네
그들 속에 춤을 추네

이 몸을 살게 하시는 이
누구신가?
소리 없이, 모습 없이, 바라보시는 이
그 은혜로움에
이 몸이 꿈틀 일어서
하루를 사네
수 없는 생애

생애를

멈춤 없음으로

어제라 하고

오늘이라 하고

내일이라 하건만

봄이면 천지가 일어서 기지개를 켜네

바람이 일어서 모든 것들을 고루고루

공평한 이 봄으로 묵은 땅에

흙을 다지게 하네

산에 사는 승니도 비가 오시기 전에

늙어 버려진 삭정이를 빈 지게에 담는다

눈眈 1

잠 안 오는 밤에는 달덩이 같은 복을 키운다
지붕 위에 박처럼 둥근 복이 밤새 자라
새벽, 홰 울음소리에 흰 꽃이 피면
돌려놓았던 신발코를 맞대어 보며
냉이꽃 지천으로 핀 저 들판을 걸으리라
먹고도 남는 복을 쪼개어 한 입 씩 나누는
흙 묻은 손들을 오늘은 만나리라
전생에 써 둔 편지 꼭 전하리라

가을, 눈

소쩍이 소쩍
부엉이 부엉
풀벌레 귀뚤이도
나 여기 있노라
이 가을, 노을은 붉은데
밭두렁에 앉아 돌을 고르는
승니의 머리에
두어 해 전 겨울의 눈이 내린다

어머니

새벽 선잠에서 나를 깨운 건
아버지의 소세물의 온기를 맞추시던
어머니의 낯익은 물바가지 소리

달그락 달그락
박꽃은 박이 되고 나서, 더욱 꽃이 되는지
그 새벽, 물을 담은 바가지에서
내 꿈속에 보았던, 꽃이 피어나는 소리
훈훈히 나를 깨우는 그 소리는
천리만리를 지나 꽃을 피우러 오는
흰 박꽃의 향기

지붕 위에선 먼 별들의 이야기 소리가 들렸다
박꽃이 피면 별들이 내가 잠든 밤이면 내려와
저들보다 더 빛나는 얼굴이 되어 사랑을 했다
그리고, 내가 깨어나면 그들의 사랑은
꿈결처럼 서로의 손을 놓으며
찬란한 햇빛들에 그들의 몸을 실어가게 했다

어머니의 뺨이 유난히 고운 아침은

어머니의 감춘 미소가 내 뺨에 스미고

박꽃의 향기가 마루 위로 흘러들었다

그런 날이면, 나는

꽃망울처럼 내 입술을 오무렸다 펴며

간지러운 내 입술을 자근자근 깨물었다

흰 박덩이 같은 어머니의 뱃속에 내 동생이 있었는데

오늘 새벽엔 어머니가 늦잠이 드시고

소세물을 나르던 바가지 소리를

늦잠을 청하며 애써 듣던 나는

박꽃냄새가 나던 어머니의 붉은 뺨을 생각하다가

슬며시 내 뺨을 집어 보고 있었다

곧, 꽃이 필 텐데

저기 보이지 않니?
흩날리는 꽃들의 향연
손을 잡을 수 없는 나무들이
꽃을 피워
서로 그들에게 다가서는 몸짓들이
꽃눈 틔운 그들의 길을
우리가 서로 볼 수 있다는 것은
저들, 손을 잡을 수 없는 나무들처럼
우리의 마음에도 꽃길이 있다는 것을

나는 내가 말할 수 없는 모든 것들을
'꽃'이라고 한단다
나는 내가 모르는 너의 마음도
'꽃'이라고 한단다
어쩌면, 너무나 귀하게 여기는 것들은
볼 수 없거나
보여지지 않거나
말할 수 없거나
더욱이 만질 수 없다는 것을

그래서 더욱 '꽃'이라고 하고 싶단다

눈을 감으면 더욱 잘 보이지 않니?
아름다운 무희의 가느다란 팔과 긴 손가락
그 사이 사이로 펼쳐진 꽃길을
이제, 곧
흐드러지게
흐드러지게

꽃바람

내 손에 닿을 것 같은 바람
내가 잡을 것 같은 바람이
이제, 벚꽃이 되어 날으려나 보다

바람이 벚꽃이 되면
나는 바람이 되리라
꽃잎에 실려 너에게로 가면
나는 나비의 등에 앉고

너도 바람이 되고,
바람이 되고,

다시는 묻지 않으리라
내 묻은 발 위에
싹이 돋는 나무의 뿌리
그 흙에 대하여

바람아
바람아

너 같은 바람아

나 같던 바람아

네가 꽃잎이 되면

나는 바람이 되리라

꽃잎에 실려

나비의 등에 앉으리

마지막 잎새

나무여!
내가 너를 위해 살았다고 말하지 않으련다
너의 강건함으로 내 잎이 푸르렀고
너의 상처로, 내 살이 아팠다
사랑이라 말 하지 않아도
이 땅 위에 서서 나무로 사는 일은
너의 아픔까지도 나의 삶이었다
나무여!
나는 아직도 '잎'이 되지 못했는지
바람에 떨리는 내 잎의 소리가 너무 크구나

나무여!
내가 떨어져도 나는 너의 땅 위에 있다
이 작은 잎이 너의 뿌리로 숨으리라
아니, 한 점 먼지로 하늘에 닿으면
네가 사는 넓디넓은 이 땅을 마음껏 보리라
너의 잎이 되어 너무나 기뻤다
내 등 위로 기어오르는 작은 벌레와
잠시 날개를 쉬던 날버러지들을 잊지 않으리라
나무여!
그러나, 나는 결코 '사랑'이라 말하지 않으리라

오늘은

오늘은 새의 등을 타고 산 너머로 가리
그곳엔 아름드리 무화과 열매
세상의 시름 잠든 조용한 꽃밭
내가 꽃을 꺾지 않아도 지천인 곳
벗은 발, 부끄럽지 않은
네가 살고 내가 사는
사랑이라 말하지 않아도 슬프지 않은
시냇물 지저귀는 산 너머로 가리

큰 새의 등을 타고
오늘은

마음의 불

마음에도 불이 있나니
그 불을 잘 다스리면
도공의 가마처럼 못할 리 없고

도공이 그릇을 빚는다면
그릇을 빚는 재주가 없는 나는
무엇을 빚을꼬

깊은 밤 달이
잠든 저 숲을 어루만지듯
마음의 불을 사르면

달그림자 밤을 건너듯이
저 깊고 긴 강을 건너기는 할지

누구신가요

내 가슴 위에 길을 만들고 가시는 이 누구신가요
발자국에 새록새록 연꽃이 핍니다
깊고 조용한 응시에 머리 숙입니다
꽃잎 위에 내 발자국 대어보다가
그만, 멈칫 제자리에 돌아옵니다
발자국 위에 꽃이 핀 걸
내 까맣게 잊어버리고
나도 모르게 님을 따라 가고 싶어
연잎을 아스라이 밟을 뻔 했어요

가슴에 길이 생기는 건
그 길 위에
발자국들이 모여서
발자국들이 모여서
발자국들이 모여서

뽀얗고 하얀 길 매끄러운 길 밝고 환한 길
꿈에 갔던 길
발자국 위에 내 발을 올려놓다가
그만, 멈칫 제자리로 돌아옵니다
그냥 저 먼 길 바라봅니다

내 가슴 위에 길을 만들고 가시는 이 누구신가요?

길가의 해바라기

약속이나 한 것처럼
한꺼번에 피어나는 길가의 해바라기
우리들의 사랑처럼 모았던 그리움
한꺼번에 쏟아 붓는

꽃처럼 피어나는 우리들의 사랑을
꽃처럼 말할 수 없는
그대와 나의 깊고 긴 강
다리도 없이

너무나 많은 말 해바라기처럼
한꺼번에 할 수도 없는
내 가슴에 너를 안고 있으면 흐르는 강물
꽃배 하나 띄우고 내가 저으리

마음

비어 너르고

가득하여 완전하나

언제나 비어 있고

내 마음의 눈 닿는 곳

어디인가?

내 키가 구 만 팔 천리

멀리까지 누워 보고

다시 눈을 들어 또 바라보면

내 발이 보이지 않네

마음으로

마음을 만나네

내가 그 이름을 부를 때

그대의 이름을 부르면
하나의 둥근 둥지에 가득한 사랑이 담긴다
가득하신 세계 안에서
함께 가득하여 넘치는 기쁨으로 충만해진다

나는 다만, 머뭇거렸다
그 이름을 부르는 것을
그대의 이름을 부르면 그대가 언제나 오리라
그리고, 나는 그대 가까이에 갈 수 있다
아름다운 마음으로 그대 이름을 부를 때
그대는 더욱 아름다워지고
나도 그만큼 어여쁘다

내가 그대의 이름을 부를 때
그대는 나의 이름을 부른다
마치 바람이 불 때 나무가 흔들리듯이.

강물 속의 새

봄 강변엔 바람이 잦다
겨울을 지난 마른 풀들이 어디론가 떠밀려가고
줄지 않는 봄볕은 나를 강물이 되게 한다
검은 비둘기 한 마리,
나처럼 출렁이며
머리 위를 날은다
홀연히 빠져나온
호리병 같은 내 집
내가 저 새처럼 살았지

이 너른 들판에서도
목청껏 부르지 못하는 그리움을
꺼내었다 다시 담으며
강물처럼 흐르리라
강물처럼 흐르리라

새에게도 묻지 못하는 삶을
잠시 앉았던 자리의 흙을 털어내며
잦은 바람의 봄 언덕이 어디쯤일까
흩어지던 시선을 모으며
물을 차고 오르는 한 마리의 새가 된다

눈目 2

감히 말하지 못하는 그대 안의 고독을
그대의 눈에 맺힌 영롱한 이슬이라고
우리가 흘리지 못한 눈물에 대하여
그대의 푸른 눈동자라고

사랑할수록 꺼져가는 불빛들이 더욱 빛나는 밤과
오후의 희미한 햇빛들이 뒤늦게 찾아드는
낮은 담
그 아래, 작은 종을 흔드는 듯 우리를 서 있게 하는
키 작은 꽃들

별이 빛나지 않는 밤에도 빛나는 별들을
함께 볼 수 있다는 것은
그대가 내게 말하지 않는 아주 오래된 것들
그리고, 너무 가까운 것들에 대하여
더 이상 궁금하지 않아지는 것

여름의 나무들은 무성한 숲으로 덮여
굽어진 가지와 삭은 뿌리들이 함께 숲이 되고

우리가 걸어 들어가는 저 숲은

너무나 작은 우리들이 함께 숲이 되고

또, 아주 멀리, 더 멀리, 더 머나먼 곳에선

지금의 이 숲은 영원히 푸른 여름

이제는 고독을 고독이라 말하지 않아도

마음을 마음이라 말하지 않아도

사랑을 사랑이라 말하지 않아도

별이 뜨지 않는 밤에도 별을 보는

이 작은 순간들이 영원이 되는

이 깊고 귀한 낮과 밤들을

그대에게 드립니다

은신隱身

길이 있었다
어둔 밤 창가를 지나
달빛이 무수히 내리고
마음이 나를 버리고, 밤을 따라가
새벽, 눈 뜨는 내게 다시 돌아오곤 했다
그리고 언제나처럼 하루의 일과를 조용히 마쳤다
꿈속에서였던가?

마음이 언제나 나만 두고 살짝 다녀와
알 수 없었던 길
그 꼬불꼬불한 길을 지나 숲이
노래를 부르고 있었다
숲이 나를 따라와
내가 벽을 보고 누웠거나
꼬부린 자세로 한참을 앉아 있거나
아무것도 먹지 못하고 있을 때나
내게 부챗살처럼 몸을 펴
나의 손을 잡아끌어
내가 그 안에서 잠들게 하였다

그리고, 다시 꿈속에서는

아무것도 보이지 않았다

내가 꿈속에 가 보았던 길

그 꼬불꼬불한 길을 지나

어머니의 냄새로 가득한

숲

지금, 내가 이렇게 잠들게 하는

창문 너머, 달빛 아래, 꼬불꼬불한 길

숲

어머니 냄새

새까만 평화

포구의 저녁

하루에 한 번 밤이 찾아오는 것은
갈매기들의 목울음 달래려는 것이겠지
초라한 포구의 판자 지붕에도 별은 내리고
사람들은 밤마다 별을 받아 초롱불을 켜고
따뜻한 아랫목에 소박한 그들의 꿈을 아끼며
내일은 조금 더 먼 바다로 배를 타고 가리라

사랑이란 얼마나 쓸쓸한 것이냐
가난한 포구에서 바라다보이는 섬들이
주고받는 이야기마저 들려오는 것이니
황혼이 내리는 섬들은 깊이 묻어둔 사랑이
들끓어 오르듯, 너울거리고
저, 먼 바다에서 들려오는 트럼펫소리에
바람이 잦아드는 따스한 저녁을
일생의 가장 뜨거운 하루처럼 눈부시게
뜨거운 밤을 뿌리러 오는 포구의 저녁

가을의 맹세

가을엔, 이별하지 말자
쓸쓸한 마음 스미어
더욱 슬퍼지지 말도록.
미움이 있으면 조금씩 덜어내고
그 속에 고운 마음 담아주자

가을엔, 이별하지 말자
아무리 세상이 곱다한들
우리들의 그대들과 바꿀 수 있을까
사랑은 만들어 가는 것
사랑은 지켜 가는 것
그리고, 함께 바라보는 것

가을엔, 이별하지 말자
단풍처럼 고운 가슴에
찬비가 고이면, 더욱 외로워.
서로에게 말하지 않았던, 소중함들을
낙엽처럼 그윽하게 바라다보자.
우리들의 그대들의 맑은 눈빛을
한 번 더, 조용히 바라다보자

왕벌의 비행
-막심 므라비차의 곡을 들으며

나는 날지만 날지 않아요
빛과 빛의 길엔 통로가 없죠
나의 날개는 빛나지 않아요
무지개가 내려와 앉았을 뿐이죠
좀 더 가볍게, 좀 더 진동이 없이 비행을 할 수는 없을까요?
꽃술이 놀라면 너무 빨리 꽃망울이 터지죠
나의 임무는 그것이 아니었어요
아! 젠장할, 이것이 웬일이람
왜 이렇게 소리가 나는 걸까요?
그러나, 어쩔 수 없어요
날개가 찢어지는 게 대수람
나는 날아야 해요
날아야 해요
아! 숨이 가빠요
날아야 해요 날아야 해요.
옳지, 우리 할아버지도 이렇게 하셨었지
옳지, 옳지,
아! 어머니! 하늘이 노래졌어요
이런 건가요? 이게 맞는 건가요?

태풍이 자라는 정원
-브람스 심포니 No.4

우리의 꿈은 특별한 영역에서만 발휘되는가!

그것은 어디까지나 개인의 선택권 안에 있다

오늘, 우리는 또 무엇을 선택해야 하는가?

삶이여!

그토록 우리를 지치지 않게 다가오는 태풍이여!

향기로운 꽃이여!

바다 위의 섬처럼 미끄러져 오는 초록의 정원이여!

길

나 어린 시절 내딛은 첫 발자국이
이승에서의 먼 길을 바꿀 수 없었네
가도 가도 끝이 없어, 다리 뻗고 울어보니
뒷산이 할배처럼 뒷짐을 지고
나무에 걸린 달 한 조각이 허기에 씹던 배 쪽 같아
반짇고리 같은 채마밭을 다시 뒤적이네
고향으로 가는 길은 주먹밥 몇 덩이에
마음 고리 하나 붙들고 가는 길
말을 하면, 더욱 허기가 지는 길

세속 사람은 눈을 뜨면 허무해지고
삼생을 하루에 사는 산사람은
산짐승이 먹이에 온 목숨을 걸듯
일찰나에 한 생애를 거네

졸음에 잠시 길을 잃었던가?
고향이여
고향이여
한 티끌을 뚫으려던 나그네는
어느 땅의 주인이었을꼬?

붉은 밤

간밤엔 바람이 해풍처럼 일더니

시든 연잎처럼 떨어져 내린 번뇌의 이파리들

모두 바다로 데려간 듯

갈림길처럼 휘어지던 버드나무들은

시치미 뚝

버얼건 해 오르기를 눈 감아 기다리고

늘 오는 아침은 여전히 가지런하건만

지나간 심사가 파랑波浪이 일어

내내 푸른 밤을 물들이려 했던 게지

산새

한 모금
이슬을 먹고 살아도
산이 좋아라

나뭇잎 그늘에 숨은 햇빛
내 등에 앉을 때
묵은 곰팡이 같던 시간을 말려
가벼워지는 날개

바람이 너울에 앉아
나를 부르면
너울은 남겨두고
나는 나무에 앉으리

구름이 바위에 앉아
나를 부르면
구름은 남겨두고
나는 날으리

살찐 나무의 작은 열매
땅 위에서 꺼내 와
흙으로 돌아 온, 흙의 마음으로
내 살을 만들으리

가벼운 몸
가벼운 영혼
내 돌아가는
하늘 길
높이 열리리라

흙이 내 살이었음을
흙이 내 마음이었음을

한 모금
이슬을 먹고 살아도
산이 좋아라

날거라, 새야

날거라, 새야!

지난 가을, 영화 속에서
새를 날리는 장면을 찍었지
새는 자꾸만 땅 위로 날으려고 했지
새장 속의 새는, 하늘을 두려워했지
자꾸만 새장 속으로 되돌아오는
새

감독은 그 장면을 포기했지
하는 수 없이, 비둘기 한 마리를 잡아
후르륵 날리며
렌즈 안에 구름을 담았지
참새는 새장수에게로 돌아가고
또, 어디론가 팔려가겠지

나는 지금도 그 영화를 생각하면
하필, 왜 내게 새를 날리라고 했었는지….
보내는 것에 익숙해 버린 나를
읽고 있었을까, 그 애숭이 감독은.
날개가 없이는 하늘을 날 수 없어
새가 되었으리라

날지 못하는 새는, '새'가 아니지
새된 마음으로 '새'의 형상일 뿐이지

새가 되려면 새가 되어라
꽃이 되려면 꽃이 되어라
나무가 되려면 나무가 되어라
흙이 되려면 흙이 되거라

날개 없이 날으려고 하지 말아라
향기 없이 꽃이 되지 말아라
뿌리 없이 나무가 되지 말아라
침묵 없이 흙이 되지 말아라

날거라, 새야!

한 마리의 새는 눈을 감고
한 마리의 새는 눈 뜬 장님
너희들에겐 날개가 있었지
그 푸득거림 잊지 말아라

날거라, 새야!

산

말이 없는 산의
말를
바람이 들어라

들리지 않는 산의
말
구름이 들어라

잎으로 지는 세월을
무릎에 담는
산아!

석양에 물드는 먼 강
가슴 깊이 품는
산아!

녹슬지 않는
침묵이여!
녹지 않는 이 떨림을!

선인장 꽃
-태양의 나라

이 땅에선
너무 멀기 만한 어머니의 냄새

둥근 별의 한 가운데
꼬리가 돋아나듯

솜털처럼 피어난 꿈

세상의 파도에 가시가 자라
내 안에 불이 꺼질 땐
더욱 뜨거워지는 사막

이제는 말해야지
내 고향을
이처럼 투명한 꽃잎의 나라
이처럼 보숭보숭한 나의 땅

가시로 뒤덮인 나의 성
밤새워 불을 켜두네
이 길을 아시는 당신을 위해.

새벽길

길은 왜 하나가 아닐까

이 고운 꽃길을 돌아서면
낯설기만 할 길
내가 저 길의 흙이어
꽃을 심으면
돌아서지 않아도 되리

그 많은 길들 중에서
나를 부른 바람은
이곳에 나를 두고
왜 다시 바람이 되는가
바람이여
너는 머물지 않는 것이었다
부서져 떨어지는 꽃을 보아라
너의 집은 하늘
땅 위의 것들을 보아라

다만, 보아라

길을 걸으면

내가 바람이 되어

부르지 않아도 되는 이름

지우지 않아도 되는 꿈

꽃씨를 심으면 꽃이 되는

길

풀씨가 떨어지면 풀이 자라는

길

여린 나무가 뿌리를 키우는

길

길은 왜 하나가 아닐까

내가 저 길의 흙이어 무엇을 심으면

바람이 되지 않아도 되는

이 길 위에서.

햇볕 예감

이른 새벽 별을 보았네
밤이 새도록 빛나는 저 별들은
제 몸이 빛으로 덮여 있음을 알고 있는지

볕이 좋이 붉으리라는 예감에
하늘로 차오르는 대지의 습기
애써 침묵을 견디는 풀들

볕이 좋은 날은 별들도
숨어, 몸을 태우리라
죄의 땅에, 별똥별 되려

알 수 없는 강을 지나면 무성한 풀들이
내 발목에 금을 그으며, 말을 거네
내 발목의 붉은 빗금이 그들의 말이라 하네.

내가 그리움의 '말'이 될 수 없는
나의 길들은, 이제는
풀이 자라지 않는 벼랑에 돌이 되었으면

자장가로 들리던 어머니의 노래가

수런거리는 하루살이들 속에서

나의 등 뒤로 자꾸만 따라오네

낮, 꿈길

창문을 가리는
바람에 흔들리는 나무
나무가 서 있는
저 편의 길
꿈길이 되는 대낮.

꿈길엔
말이 없는 사람들
만질 수 없는 사람들
목이 메이는 사람들
그리운 사람들

꿈길엔
너무나 가까운 그들의 향기
변함없는 그들의 마음
다만, 지금처럼 닿지 않는 손

한낮, 꿈길엔
새벽을 건너는 사람들
잠이 덜 깬 여린 짐승의 눈으로
홀로, 활활 얼음 속에서 불이 되는.

저리도, 마른 꽃들처럼…..

휘파람새

너는, 참 고운 휘파람새

새벽,
밤새 키운 그리움 잡으러
샘가로 갈 때

안개 속에서
후드득,
내 앞질러 달아나는

너는, 참 미운 휘파람새

내 안에 고인 말처럼
동동거리는 샘물 한 바가지
그리움 대신 마시고

돌아서 내려오는
내 등 뒤, 숲에서
호드드득 나를 따라오는

너는, 참 얄미운 휘파람새
그러나, 너는 참 고운 휘파람새

야생화

산이 나를 위해
저 만치 서 있다
자못, 다정한 소슬바람
이 깊은 곳에
먼 사랑을 전하고 갔다
한낮에도 나는, 밤의 달을
따 담는 작은 집
이슬 밟으며 손님으로 오신
이 새벽을,
나의 눈물처럼 귀히 여기고
밤새 밝힌 등불을 끈다

법륜法輪의 수레바퀴

세상살이 시끄러운 곳

보여군생普與群生일세

사생칠취四生七趣 삼도팔난三途八難에서 벗어나는 길

이미 우리가 알고 있네

좋은 향기

맛난 음식

부처님 비추시어

더욱 달고 향기롭네

참 좋으신 부처님

내 안게 계시어

법륜의 수레바퀴에

모든 칼 날 부러지고

부처께서 언제나

우리와 함께 걸어가시네

붉은 담 위의 작은 꽃

내 뿌리의 깊이여
나를 둘러 싼 땅의 단단함이여
내 옆의 풀들이여
나를 싣고 온 바람이여

나를 싣고 온 허공이 나의 전부였다면
나는 밤에 꿈을 꾸는 일이 없고
나의 잔뿌리가 내 생의 전부라면
이미 빛과 어둠이 존재하지 않으리라

오후의 태양이여!
진실로 내 작은 키를 이해하는가?
나를 싣고 온 공중의 시간들은
나의 뼈를 단단히 지켜
내게서 멀어져 간 것들을
결코, 뼛속 깊이 스미게 하지 않았다

지금도 나는 두렵다
어째서, 내 피를 데우는 것들이 달콤하게 여겨지는지를

꽃을 피우기까지
꽃을 피우기까지
그 무겁고 어둔 시간들을
함부로 말하지 않는 것이라는 것을
알고 있기에

미소

앞서서 걷고
뒤따라 걷고
위대한 붓다의 가르침
받들며

눈물겨워라
잠든 한 생각 일깨워
출가해 되니 곧바로 법연이라
개구리 알을 낳는 연못 위에
봉긋이 솟아내는 연잎의
꽃다움이여!

칭얼대고 보채는 어리광
나이 팔십에도 못 버릴 것을
오십 줄에 다시 꽃다움으로
영원히 늙지 않는 진리를
깊은 은혜로 받아

세상의 바다

칼산지옥까지도
향연의 잔치가 이어지리
이 순간
이 영원을
모르신다는 그 누구에게까지
길이 꽃향기 닿으리다

천산만홍

전생 지은 빚
업장業障이 녹으면
내도 바람 따라 구름 따라
흐르겠지요

복받치는 설움도
수백 번 지나고 나면
수미산 높은 곳
구름 한 자락 비켜간 자리에
푸르게 높이
아련하겠지요

어째서
생명 중에 인간들은
버젓이 땅을 디디고
하늘을 머리에 이고
산 것들 짐승들보다
어둡고 바쁘고
어지러운가요
무명의 본바탕

시커먼 거름에서
스스로 삭고 삭아
겨자씨 같은
자성의 씨앗 싹이 트여
우산 같은 큰 잎 나무
지혜의 꽃이 피면

두 손을 번쩍 한아름
큰 해라도 안고자
여기서 저기서
큰 집에 들일
보석이라도 열리는가
씨앗처럼 아복다복
과일처럼 주렁주렁
열리기라도 한다면
내 다 따서 드리겠네

봄이다!
여기서 저기서 폭죽이 터진다
온갖 나무

내보다 더 잘 안다

온갖 꽃들

내보다 더 밝다

밤새워 꽃초롱 들고

모든 부처님

여기 좀 보시라

여기 좀 보시라

내 한 소리 할랍니다

나 꽃 될란다

나는 세 끼 안 거르고 먹고

매일 똥 눈다만

꽃은 안 피고

부처님!

그라이 내 가고픈 곳이

없다

흙수저에 대한 변명

어떤 도시에 사는 중은
나더러 흙수저를 잡고
산다카더라

금수저도 부처님 숟가락
흙수저도 부처님 숟가락
언젠가는 그 숟가락도
임자가 없으리

여러 날 산을 비우니
고양이들도
주인을 찾는지 보이지 않더니
산 속에서 길을 잃었는지
오늘에야 어미 고양이 집으로 돌아와
아옹아옹 울음 울며 주린 배를 채우네

집 지켜 주는 강아지
새벽예불에 조르륵 나오는
고양이 가족들

나는 시줏돈으로

고양이 강아지 밥이나 먹이지만

숟가락에 녹슬 때까지

윤이 나게 닦으리다

수미산 꼭대기 다 오르면

오를 곳 없는 곳에

한 생각 틈이 없어, 오고 감이 없으니

저절로 배부르고

수저라는 물건이 필요가 없으리다

지장보살 예토에 발을 디디시고

당신은 정녕 정토淨土를 이루시어

중생의 모든 사슬을 풀어 주시니

한량없이 나투시는

대방광大方廣의 한량없는 대자비大慈悲 항상 하심을

방생放生

1
생명이란 무엇일까
살아 있는 목숨이란 말이다
숨길을 통해 들고나는 숨
당연한 것이 있어
모든 것들이 산다
숨이 있어 꿈틀거리고
그 꿈틀거림이 용을 쓴다

집에서 키우는 고양이 몇 마리
비린 맛을 알고부터
발톱의 날을 세우며
내어주는 멸치들을
제 앞으로 끌어당긴다
살아있는 것들이 하는 몸짓이다

사람도 밥을 먹고 산다만
인간은 보이지 않는 것들을 찾아내며
새로운 세계를 열어간다
그리고 그것들에 의지하여 운집한다

어쩌면 생명은

발견을 통해 다시 시작으로 돌아간다

물고기가 강에서 살듯이

바닷고기가 바다에서 살듯이

익숙한 것들을 붙잡고

새로운 세계로 나아간다

나무의 잔뿌리가 뻗어

새로운 순이 돋는 것은

언제나 돌아갈 곳을 준비하는 마음이다

익숙한 것들은 안락이다

해 저녁 집으로 돌아가듯이

익숙한 것들은 고향이다

자식이 어버이를 찾듯이

그러나 집이 없는 사람들은 고향이 없다

고향은 안식이며 반석이다

그곳에서 새로운 희망을 연다

시인은 마음의 고향으로 언제나 돌아가고 싶다

2

어버이는 언제나
문밖에서 기다리신다
무사히 잘 있음을 바라보시려
오늘도 기다리신다
결코 잊을 수 없는 고향에
어버이 늙으신 손의 온기는
오늘도 이 새벽
도시의 어둠을 비추고 있다
강물에 놓여진 물고기 한 마리가
퍼드덕 춤을 추듯이
나도 세상의 바다에서!

고향

어린 새끼 고양이 한 마리
허둥거리고 있다
길을 잃은 것일까
어미를 찾는 것일까

땅에 코를 박고 킁킁거리고 있다
어미의 냄새일까
먹이를 주어도 고개를 돌린다
아무렴
어미가 어디에 있는가
지린 오줌길을 흡흡대며 오던 길을
되돌아 걷다가 다시 돌아온다

어미야
야옹 하고
네가 부르렴

천 길 낭떠러지에서
똘 중

낙 중

그런데 한 번

풍 덩!

심청이는 효심으로

인당수에 몸을 던졌는데

고양이는 제 똥 냄새를 따라가고

아 아

낙 중 되고 싶다

나도

취하여도 취하지 않는 술로

울그레 발그레

헛기침 한 번 해봤으면

내가 걸어가니

원님덕에 나팔이 운다!

숲 별 꽃 1

그대 없는 밤을 위해 피어났습니다
온 세상이 어둠뿐인 날이 온다면
별처럼 빛나는 당신을 어디에서 찾을까요
깜박깜박 별처럼 꽃등불 켜고 있으면
당신이 이 숲에서 나를 찾아주세요

하얗게 피어나는 이 순간을
아마, 당신은 먼 별에서 보고 있을까요
수없이 흘린 당신의 눈물이 별이 되어
어둔 밤에 더욱 빛나는 이 기쁨
그대 없는 이 밤에 간직합니다

이 숲에 나는, 작은 키의 작은 얼굴
당신의 나라는 마음의 귀로 듣는 나라
세상의 가장 빛나는 이야기별처럼 듣는
세상의 가장 고운 말 별처럼 듣는
세상의 가장 아름다운 마음 별처럼 간직하는

내가 사는 작은 숲에, 키 작은 별

밤하늘에 별이 지면 이 숲에

숲 별 꽃 한꺼번에 등불 켭니다

먼 당신의 나라에서 이 숲을 바라보세요

별 숲의 별나라 꽃등불 켭니다.

seestarbooks 012

원임덕 시집
꽃이 되는 시간을 위하여

초판 인쇄 2020. 7. 5
초판 발행 2020. 7. 10

지은이 원임덕
펴낸이 김상철
펴낸곳 스타북스

등록번호 제300-2006-00104호
주소 서울시 종로구 19길(종로1가) 르메이에르 종로타운 1415호
전화 02-735-1312 팩스 02-735-5501
이메일 starbooks22@naver.com

ISBN 979-11-5795-532-9 03810

*이 도서의 국립중앙도서관 출판예정도서목록(CIP)은
서지정보유통지원시스템 홈페이지(http://seoji.nl.go.kr)와
국가자료공동목록시스템(http://www.nl.go.kr/kolisnet)에서
이용할 수 있습니다. (CIP제어번호 : CIP2020024371)